Julius von Menegershausen

Ueber Cystosarcoma ovarii duplex

Antigonos

Julius von Menegershausen

Ueber Cystosarcoma ovarii duplex

Unveränderter Nachdruck der Originalausgabe von 1876.

1. Auflage 2024 | ISBN: 978-3-38635-096-9

Antigonos Verlag ist ein Imprint der Outlook Verlagsgesellschaft mbH.

Verlag: Outlook Verlag GmbH, Zeilweg 44, 60439 Frankfurt, Deutschland
Vertretungsberechtigt: E. Roepke, Zeilweg 44, 60439 Frankfurt, Deutschland
Druck: Libri Plureos GmbH, Friedensallee 273, 22763 Hamburg, Deutschland

Ueber

Cystosarcoma ovarii duplex.

Inaugural-Dissertation

der

medicinischen Facultät zu Jena

zur

Erlangung der Doctorwürde in der Medicin,
Chirurgie und Geburtshilfe

vorgelegt

von

Julius von Mengershausen
aus Clenze.

Jena,
Druck von Hossfeld & Oetling.
1876.

Ueber Cystosarcoma ovarii duplex.

Bevor ich auf einen Fall von Cystosarcom der Ovarien, den ich im Göttinger Ernst-August-Hospital zu beobachten Gelegenheit hatte, eingehe, möchte ich erst die allgemeinen Anschauungen jüngerer Zeit, wie sie über Ovarientumoren herrschen, näher betrachten.

Noch bis gegen Ende der fünfziger Jahre waren die Ansichten über den Bau der Ovarialgeschwülste einigermassen verworren, und es sind in jener Zeit die mannigfachsten Bezeichnungen angewandt worden, welche durch Beobachtung bei Sectionen oder Ovariotomien dem makroskopischen Bilde entsprechend, entstanden. So wurde für einzelne Cysten der Ausdruck „einfach,“ im Gegensatze zu „multipel“, wenn mehrere derselben vorhanden waren, angewandt. Von den anderen Bezeichnungen, welche die mehr complicirten Formen der Geschwülste, besonders derjenigen, welche heute unter dem Namen „Kystome“ oder „cystoide Geschwülste“ zusammengefasst werden, hervorriefen, für welche Farre den Ausdruck „multilocular", Virchow „cystoid", Müller „zusammengesetzt cystoide", Paget „proliferum", Graily Hewitt „zusammengesetzt" gebrauchten, sind einige, z. B. die von Virchow und Paget mit in die Nomenclatur der neuesten Zeit übergegangen.

Nachdem nun mit Hülfe des Mikroskops die bislang aufgestellten Bezeichnungen der Geschwülste als unzureichend und nicht mehr passend erachtet werden mussten und durch weiteres Beobachten und Forschen auch noch andere Formen als die Cystischbindegewebigen gefunden wurden, war es Kiwisch, dem alsbald Graily Hewitt und Wilks folgten, welcher eine Erweiterung der Classification vornahm.

Es entstand dadurch folgende Eintheilung: 1) Einfache, 2) multiple, 3) multiloculäre, 4) alveoläre Krankheit der Ovarien, 5) Cystosarcom des Eierstocks, und diesen fügte Spencer Wells noch eine andere Varietät 6) das Fibroepitheliom, oder die „alveoläre, adenoide Geschwulst" hinzu.

Alle diese Formen mit Ausnahme der Cystosarcome gehören in der weiter unten auf entwicklungsgeschichtlicher Basis beruhenden Eintheilung zu den Kystomen, nachdem man von den unter 1) und 2) angeführten den Hydrops follicularis abgezweigt hat. Das Fibroepithe-

---

Kiwisch, Krankheiten der Ovarien. 1860.

Graily Hewitt, Diagnosis and Treatment of Diseases of Women. 1863.

Wilks, Pathological Anatomy. 1859.

Spencer Wells, Path. Soc. Transactions vol. XIV p. 205.

Sp. Wells, Krankheiten der Eierstöcke. 1874 p. 35.

liom von Spencer Wells ist das weiter unten beschriebene Kystoma proliferum papillare.

Die bis zum Jahre 1864 ausgesprochenen Ansichten der Pathologen in Beziehung auf den Ursprung dieser Cysten kann man in zwei Abtheilungen scheiden.

Die Einen nahmen an, dass alle in dem Ovarium gefundenen Cysten einer krankhaften Veränderung des Graafschen Follikels oder Corpus luteum zuzuschreiben seien. Die Hauptvertreter dieser Richtung waren Carswell, Andral, Lebert (Letzterer war jedoch zweifelhaft, ob eine secundäre Cystenbildung nicht manchmal vorkomme), Dr. Seymour, Cruveillier, Bennett, Negrier, Arthur Farre, Fox und Spencer Wells.

Die Anderen dagegen meinten, dass der Ursprung der einfachen Cysten, sowohl „einzelner" als auch „multipler" aus dem Graafschen Follikel oder Corpus luteum für die mehr zusammengesetzten Formen nicht ausreichend sei und suchten deshalb noch andere Ab-

---

Carswell, Illustrations of Elementary Forms of Disease.

Andral, Path. Anatomy II. p. 207.

Lebert, Physiologie pathologique p. 65.

Seymour, Illustrations of the Principal Diseases of the Ovaries p. 45.

Cruveillier, Traité d'Anatomie pathologique générale. VIII. 1856 p. 395.

Bennett, Ed. Med. Surg. Journ. vol. XV. p. 400.

Negrier. Mitgetheilt von Dr. Tilt Lancet. 1849.

Arthur Farre, Cyc. Anat. Phys., art. „Uterus and its Appendages.

Fox, Medico Chirurgical Transactions. Vol. 47. p. 237 et sequ.

Spencer Wells, Krankheiten der Eierstöcke 1874. p. 28.

leitungen aufzustellen. Hierfür entschieden sich Rokitansky, Frerichs, Bruch, Virchow, Führer, Förster, Scanzoni, Bright, Wilks, West, Graily Hewitt und Paget. Einige dieser Autoren, welche freilich secundäre Cysten als neue Bildung ansahen, glaubten dennoch, dass sie aus der Wand des Graafschen Follikels hervorgingen, und zwar so, dass diese sich wie eine Muttercyste zu ihnen als Tochtercyste verhielte. Dies behaupteten Dr. Hodgkin, Paget und Lebert. Bei weitem die meisten Beobachter wollten jedoch die secundäre Cystenbildung, wie auch die primäre, als unabhängig vom Graafschen Follikel ins Stroma des Ovariums verlegen. Ueber die Art und Weise einer solchen Cystenbildung waren die verschiedensten Hypothesen aufgestellt. Wir können unter ihnen vier Classen deutlich unterscheiden.

1) Was vielleicht in jener Zeit die meiste Epoche

Rokitansky, Wochenblatt der Zeitschrift der Ges. d. Aerzte zu Wien. 1855.

Frerichs, Ueber Gallert und Colloid-Geschwülste 1847 p. 50.

Bruch, Zur Entwicklungsgeschichte der pathologischen Cysten Zeitschr. der rat. Med. 1849. p. 131.

Virchow, Verhandlungen der [Gesellsch. für Geburtshülfe in Berlin. 1848.

Führer, Deutsche Klinik 1852 pp. 200, 201.

Förster, Pathologische Anatomie. II.

Scanzoni, Lehrbuch der Krankheiten der weiblichen Sexualorgane. Wien 1859. p. 355.

Bright, Guy's Hospital. Rep. III. pp. 180. 182.

Wilks, L. c. p. 409.

West, Lect. on Diseases of Women 1858. Vol. 2 p. 70.

Graily Hewitt, Diagnosis and treatment of Diseases of Women 1863 p. 383.

Paget, Surgical Pathology. ed. 1853 p. 411.

gemacht hat, ist die Meinung, dass die Bildung der Cysten aus einzelnen Zellen (unabhängige und primäre anatomische Elemente, Rokitansky) hervorginge. Durch weitere Vergrösserung einer solchen, welche äusserlich eine fibröse Hülle erhielte, sollte diese Zelle entweder hohl bleiben oder durch Entwicklung secundärer Zellen in ihrem Innern, die einer colloiden Metamorphose anheimfielen, ausgefüllt werden. Diese Ansicht wurde von Hodgkin, Paget und Scanzoni vertreten.

2. Eine zweite Hypothese betrachtete das Bindegewebe als Ursprung der Cysten, indem entweder die Zwischenräume in demselben schon vorgebildet waren oder erst später entstanden. In diese hinein fand nun eine seröse oder fibrinöse Exsudation statt, die Wand wurde durch neues Bindegewerbe verstärkt und auf ihrer Innenfläche bildete sich Epithel. So ist die Entstehung der Cysten von Vogel, Henle, Velpeau, Bruch, Gierse und Wedl erklärt.

3. Rokitansky dachte sich das ganze Ovarium bei den mehr zusammengesetzten Cysten in ein Fachwerk

---

Hodgkin, Med. chirurgic. Transaction Vol. XXVI.

Paget, L. c.

Scanzoni, L. c. p. 360.

Vogel, Pathologische Anatomie.

Henle, Von Rokitansky mitgetheilt „Ueber die Cyste".

Velpeau.

Bruch, Zur Entwicklungsgeschichte der path. Cysten. Ztschr. d. rat. Med. 1849 p. 131.

Gierse, Verhandl. der Gesellschft. für Geburtshülfe II p. 182.

Wedl, Pathological Histology.

Rokitansky, Pathologische Anatomie. Fig. 48 u. Fig. 92.

von trabekelähnlicher Structur zerfallen; die dadurch entstandenen Höhlen füllten sich dann mit colloider oder gelatinöser Masse und hieraus erkläre sich das eigenthümlich alveoläre Aussehen. Scanzoni's Beschreibung des Ursprungs einiger dieser Tumoren stimmt mit der Rokitansky'schen Erklärung sehr überein. Auch Kiwisch führt denselben auf eine alveoläre Degeneration des Eierstocks zurück und sagt, dass das Stroma der Ovarien in zellige Höhlen, die mit einander in nahe Beziehung treten, aufbreche. Wilks stimmt dieser Ansicht auch bei.

4. Eine ähnliche, wie die unter 2 angegebene Hypothese stellte Virchow auf und wurde alsbald von Förster unterstützt und weiter ausgeführt. Das Neoplasma beginnt mit einer Hypertrophie des Stromas des Ovariums und einer neuen Formation von Bindegewebe, die von Zellenwucherungen begleitet ist. Während dieses sich zu reiferem Gewebe entwickelt, vergrössern sich die Zellen und fallen colloider Degeneration anheim, eine Lage Epithelzellen auf der Wand zurücklassend.

Nachdem nun von Waldeyer 1870 über die Cystome, von Leopold 1874 über die festen Eierstocksgeschwülste die eingehendsten Arbeiten geliefert worden sind, möchte ich im Sinne dieser neuesten An-

---

Scanzoni, L. c. p. 355 et sequ.

Wilks, L. c. p. 413.

Virchow, Verhandl. der Ges. für Geburtshülfe zu Berlin 1848. Das Eierstocks-Colloid.

Förster, Path. Anatomie.

Waldeyer, Archiv für Gynaekologie. l. Bd. p. 252 et sequ.

Leopold, Archiv für Gynaekologie Bd. VI. p. 189 et sequ.

schauungen in dem Folgenden ein kurzes Resume über die Entwicklung sämmtlicher Ovarialgeschwülste geben.

Man kann die Neubildungen der Ovarien in drei Abtheilungen bringen:

I. Cysten.
II. Feste Geschwülste.
III. Mischgeschwülste.

I. Cysten zerfallen dann wieder in:

1. Hydrops follicularis.
2. Kystoma oder cystoide Geschwüre.
3. Dermoidcysten.

II. Feste Geschwülste sind:

1. Enchondrom.
2. Fibrom.
3. Sarcom.
4. Carcinom.

III. Mischgeschwülste.

1. Cystocarcinom.
2. Cystosarcom.

Der

Hydrops follicularis

ist als eine Retentionscyste aufzufassen und nach bedeutenden Autoritäten wird die Entstehung derselben aus dem Graafschen Follikel veranlasst, durch Behinderung des physiologischen Prozesses, des Platzens, zur Zeit der Menstruation, hervorgerufen durch abnorme Dicke oder Resistenz der Wand während der Hyperämie. Dies ist von Rokitansky, Fox, Webb und Ritschie nachgewiesen. Nicht ausgeschlossen jedoch bleiben Fälle, wo auch vor der Pubertät, sogar schon beim Neugeborenen diese Cysten einem abnormen Secretionsvermögen der Follikel ihre Entstehung verdanken. Die Beobachtung von Chrobak, der nach einer überstandenen Peritonitis eine Cyste sich bilden sah, ist gewiss ein seltener Ausnahmefall der Entstehungsweise. Eine andere bewiesene Thatsache ist die Cystenbildung aus dem Corpus luteum, zuerst von Rokitansky, dann auch von Schröder beschrieben. Letzterer beobachtete ein so verändertes Corpus luteum bei einer nach Abortus durch Verblutung Gestorbenen.

Der Hydrops follicularis kann einfach vorkommen oder durch Wiederholung des Processes vielkammerig werden. Der Inhalt dieser glattwandigen von einschichtigem polygonalem Epithel ausgekleideten Cysten besteht aus klarem Serum, kann aber manchmal durch kleine Mengen von Blut leicht gefärbt erscheinen.

Kystom.

Man nimmt jetzt allgemein an, dass die Kystome aus dem nicht fertig gewordenen Graafschen Follikel, aus

Rokitansky 1855.

Fox, Med. chirurg. Transactions Vol. 47 p. 237.

Webb & Ritschie (Sp. Wells, Diseases of the ovaries) London 1872 p. 42.

Chobrak, Wiener med. Presse Nr. 42.

Rokitansky, Allgem. Wiener med. Zeitschrift 1859 Nr. 34.

Schröder, Krankheiten der weibl. Geschlechtsorgane. 2. Aufl. p. 338.

der Vorstufe desselben entstehen, indem eine Differen-
zirung des Epithels, eine Abschnürung der Drüsenschläuche nicht stattgefunden hat, und das Ovum entweder nicht zur Entwickelung gelangt oder doch krank-
haft gebildet ist. Es ist demnach erwiesen, dass die
Krankheit meist angeboren sein muss, weil die Wachs-
thumserscheinungen in eine frühe Periode des Foetal-
lebens fallen, dagegen liegen Beweise vor, dass eine
Drüsenschlauchbildung auch noch in späterer Zeit vor-
kommt (Koster), und darnach wäre eine Bildung der
Kystome durch mangelhafte Ausbildung der Follikel
aus den Schläuchen in allen Altersstufen, wenigstens
bis zur Menopause, constatirt. Bewiesenermassen aber
bleiben meist schon foetal entwickelte Cysten im Ovarium unverändert liegen, bis zu einer Zeit, wo durch
die Disposition des Individuums die Veranlassung zu wei-
terem Wachsthum gegeben wird (Slavjansky, Schröder).

Ist auf diese Weise der Keim zur Kystombildung
gelegt, so giebt es zwei Momente des Wachsthums,
welche je nach dem Vorherrschen des einen oder andern
verschiedene Producte zu bilden im Stande sind. —
Entweder es überwiegt die Wucherung des Epithels,
so kommt es zur Bildung neuer Drüsenschläuche nach
aussen hin: Kystoma proliferum glandulare,
oder es ist das Bindegewebe, welches durch seine über-
mässige Wucherung vorherrscht und indem es sich
papillenartig in die Cyste einstülpt, mit Epithel bedeckt
bleibt: Kystoma proliferum papillare. Durch
Combinationen dieser beiden Formen entstehen dann
die verschiedensten klinischen Bilder, wie man sie bei

Koster, Virchow Hirsch'scher Jahrgang 1872 Bd. I. 6. 52.
Slavjansky, Bull. de la soc. anatomique de Paris. Décembre
    1873; et Annales de gynécologie, Fevrier 1874 p. 126.
Schröder, L. c. p. 340.

Ovariotomien zu Gesichte bekommt. Auch der Inhalt variirt in seinen Eigenschaften, bald erhält man eine mehr seröse, bald eine colloide Flüssigkeit, es kann sogar der Inhalt die Consistenz einer Gallerte zeigen. In manchen Fällen hat man eine mehr oder weniger Eiter ähnliche Flüssigkeit, deren Entstehen durch entzündliche Prozesse als catarrhalisches Secret aufgefasst werden muss, beobachtet. Durch Hämorrhagien können weitere Veränderungen eintreten.

So lange das Cylinderepithel noch Secret liefert, bleibt der Inhalt mehr Mucin haltig, wird dasselbe jedoch durch mangelhafte Ernährung an der Secretion verhindert, so tritt bald mehr eine serös albuminöse Flüssigkeit auf, die dann eher als ein Transsudat des Blutes aufgefasst werden muss.

Dermoidcysten.

Die Bildung derselben hängt wahrscheinlich mit dem von His im Anfange der Embryonalentwicklung nachgewiesenen Achsenstrang zusammen, eine Wucherung von Zellen, in deren Bereich besondere getrennte Keimblätter nicht geschieden werden können, sondern die ganze Anlage des Embryo eine continuirliche Masse bildet.

Bald sind es cystische Geschwülste, welche nur einen oder einzelne Bestandtheile der Haut enthalten, dann ist der weiche butterähnliche Inhalt von einem Sack umschlossen, dessen innere Oberfläche mit einem geschichteten Plattenepithel bekleidet ist, und während sich mehr oder weniger reichliche und lange Haare in dem Inhalt befinden, sind die Haarbälge und Talg-

---

His, Untersuchung über die erste Anlage des Wirbelthierleibes I. Leipzig 1868 p. 225.

drüsen verödet. Manchmal findet man neben Entwickelung von Schweiss- und Talgdrüsen auch wirklich Haare inplantirt. Es können aber auch in manchen Fällen nicht nur epitheliale Neubildungen, sondern sogar Knochen oder Zähne, auch Nerven und Muskeln darin gefunden werden.

Die oben unter den festen Eierstocksgeschwülsten aufgeführten Formen kommen ebenso wie die Dermoidcysten selten vor und ich gehe zur Beschreibung derselben über.

Enchondrome

sind so selten, dass nur ein Fall von wirklichem Enchondrom in der Literatur aufzufinden ist. Kiwisch hat denselben veröffentlicht.

Das

Fibrom

geht nach Virchow aus einer Granulardegeneration des Eierstocks hervor, oder auch aus einer interstitiellen Hyperplasie, welche eine Verdichtung des Graafschen Follikels herbeizuführen im Stande ist. Auch sollen Fibrome nach Slavjansky aus interstitieller Oophoritis entstehen können, indem dieselbe Hyperplasie (Virchow) des Stromas herbeigeführt wird unter steter Bildung von Pseudomembranen auf der Peripherie und gänzlichem Zugrundegehen der Follikel. Rokitansky beschreibt zwei Fälle von Fibrom des Ovariums, die

Kiwisch (Klob, Weibliche Sexualorgane S. 344) 1864.

Virchow, Kr. Geschwülste I, 332.

Slavjansky, Entzündung der Eierstöcke. Archiv der Gynaekologie III p. 192.

aus dem Corpus luteum entstanden waren, ebenfalls wird von Klob ein solcher aufgeführt. Es kann auch ein schnell wachsendes Uterusfibroid die Ovarien mit in den Prozess hineinziehen und dann eine gleiche Bildung hervorrufen, jedenfalls ist diese nicht die gewöhnliche, da man nur bei manchen Fällen solche Uteruserkrankungen überhaupt beobachtet hat.

Das

Sarcom

würde sich nun als desmoide Geschwulst, der nach Waldeyer gemachten Eintheilung zufolge, den beiden letzteren anzureihen haben. Nach Virchow gehören die Sarcome zu den grössten Seltenheiten und kommen meist doppelseitig vor. Die Entstehung derselben ist in der Literatur, wenn man von der Erklärung der Cystosarcombildung absieht, nur von Leopold genau angegeben, und diesem ist Schröder beigetreten. Das Spindelgewebe des noch normalen Eierstocks beginnt sich beträchtlich zu vermehren, gleichzeitig entstehen zumal bei grösseren Tumoren zwischen den Spindelzügen feine Züge leicht welligen Bindegewebes und dabei findet meist eine reichliche Gefässentwicklung statt. Die Corpora lutea gehen bei dieser Bildung alle zu Grunde, indem die Wucherungen des spindelzelligen wie die des kleinzelligen Gewebes dieselben gleichsam erdrücken.

Klob, L. c. p. 341.

Virchow, Krankh. Geschwülste p. 369.

Leopold, Die soliden Eierstocksgeschwülste. Archiv für Gynaekologie, 6 Bd. 241.

Schroeder, L. c. p. 408.

Von den Graafschen Follikeln können einige mitwuchern, dann aber durch Ueberwiegen der Sarcommasse einen Stillstand erleiden, während andere voll-
ständigem Zerfall anheimfallen. Manchmal kann auch
die Rindenschicht an der Wucherung sich betheiligen,
und auf der Oberfläche Bindegewebspapillen treiben,
wie sie von Slavjansky bei Entzündung des Eierstocks gesehen sind.

Im Gegensatze zu den eben besprochenen des-
moiden (den letzten drei) Geschwülsten des Eierstocks
ist nun noch eine Art von Tumor zu erwähnen, welche
gleichfalls selten vorkommend, zu den Epithelial-Ge-
schwülsten gehört, das

Carcinoma ovarii.

Wenn man von den Carcinomen des Ovariums
absieht, die neben gleichzeitiger Erkrankung anderer
Organe im Eierstock gefunden werden, so ist es wohl
der Markschwamm, welcher am meisten auftritt und
sich entweder aus dem Stroma durch Zellenwucherung
entwickelt, oder erst, nachdem das Ovarium schon
durch Cysten entartet war. Das Carcinom kann nach
Rokitansky aus dem Corpus luteum in seltenen Fällen
hervorgehen, indem sich dasselbe mit Kernmasse füllt,
und die Wand die Begrenzung des Carcinoms dar-
stellt. Nach Waldeyer sind sämmtliche Carcinome epithelialen Ursprungs, doch tritt dieser Ansicht Leopold

---

Slavjansky, L. c. p. 191.
Rokitansky, Path. Anatomie III, p. 431.
Waldeyer, Archiv der Gynaekologie B. I p. 307.
Leopold wie oben p. 257.

entgegen, welcher eine Anzahl von krebsigen Neubildungen beobachtet hat, die klinisch als Krebse verlaufen, bei denen es aber schwer wird, sie auf epithelialen Ursprung zurückzuführen; diese sind vielmehr als Bindegewebsproducte anzusehen. Spencer Wells sagt: Das fibröse Stroma, die dichte Umhüllung der zahlreichen Gruppen gutartiger reproductiven Bläschen und das immer wachsende, intrafolliculäre Epithel scheinen die Form des Scirrhus, des colloiden, papillären und Medullarkrebses typisch vorzubilden.

Als Mischgeschwülste sind, wie oben gesagt, zwei zu erwähnen, das Cystocarcinom und das Cystosarcom.

Das Cystocarcinom

entwickelt sich häufig so, dass, nachdem schon das Ovarium cystig entartet ist, in den Cystenwänden eine weitere Krebszellenentwicklung vor sich geht, die entweder um sich greifen oder mehr localisirt bleiben kann. Von diesen Wänden findet dann ein Durchbruch in die Cysten statt, und eine Krebszellenwucherung kann bald diese Räume ausfüllen. Schröder sagt: Da auch das reine Kystom als Drüsenneubildung in einer Proliferation und einem Durchwachsenwerden des Stromas durch die epithelialen Zellen besteht, so kann es nicht auffallen, dass Uebergänge und Mischformen vorkommen, die man als Kystoma carcinomatosum bezeichnen kann.

Spencer Wells p. 42.
Schröder, L. c. p. 407.

Das **Cystosarcoma**

endlich entsteht so, dass einzelne Graafsche Follikel, während der Sarkombildung soweit ins Wachsen gerathen, dass sie einem Untergange durch Druck von Seiten der Wandung sich entziehen, oder dass die Sarkombildung nicht in der gewohnten Energie vor sich geht und damit dem Follikel gewissermassen Zeit gelassen wird, sich zu accomodiren. Nach Förster unterscheiden sich die Cystosarkome nur dadurch von den Kystomen, dass erstere dickere Wände und auch kleinere Cysten haben als letztere. Auch Rokitansky betrachtet dasselbe als ein mit ansehnlichen dichten Bindegewebsmassen ausgestattetes Cystoid. — Virchow nennt die Literatur der Cystosarcome eine überaus verwirrende, namentlich wenn es sich um die prognostische Frage handele. Er findet den Sitz und die Art des Fortganges mit den Myxofibromen und Cystofibromen höchst übereinstimmend. Das Cystosarcom enthält jedoch verhältnissmässig vielmehr Spindelzellen als das gewöhnliche Kystom und das ist Grund genug, dasselbe auch heute noch als eine besondere Form zu beschreiben. Schröder nimmt die Sarcombildung als das primäre, und, indem die grösseren Graafschen Follikel leicht mitwuchern, können in der That Complicationen des Sarcoms mit Cystenbildung entstehen. Johannes Müller unterschied ein Cystosarcoma proliferum und phyllodes. Bei dem Ersteren enthielten die Auswüchse der Cysten wieder Cysten, bei dem Letzteren waren dieselben fest.

Müller, Ueber den feineren Bau und die Formen der krankhaften Geschwülste.

Da die Geschichte sehr arm an Fällen von Cystosarcoma des Ovariums ist, so erlaube ich mir diejenigen, welche ich im Stande war der Literatur zu entnehmen, aufzuführen.

1. Fall. Das erste Ovarialcystosarcom ist von Rokitansky in der Zeitschrift der Gesellschaft der Aerzte zu Wien 1860 beschrieben. Die Frau, welche secirt wurde, war 66 Jahre alt und marastisch zu Grunde gegangen. Das linke Ovarium, zu einem faustgrossen Tumor degenerirt, war medianwärts mehr fibrös, lateralwärts aus einem Aggregat seröser Cysten gebildet, von denen die grösste zum Theil in einer Excavation jener fibrösen Masse sass. In dem übrigen Umfange hafteten an ihr die anderen kleineren Cysten. Die Tuba lief über die Geschwulst hin, etwas gezerrt und bis an das gezerrte gefranste Ende hin an dieselbe fixirt.

Das rechte Ovarium geschrumpft, von einer nach aussen protuberirenden bohnengrossen Cyste durchsetzt. Bei einer näheren Uutersuchung zeigte die fibröse Masse besonders nächst den Cysten auf dem Durchschnitte ein drüsiges Ansehen, indem sie von zarten Bläschen und Körnern durchsetzt war. Daneben waren einzelne hanfkorngrosse schleimhaltige Cysten zugegen. Das Mikroskop liess in einem dichten Bindegewebslager zahlreiche schlauchartige, von einem Epithel ausgekleidete Gebilde und deren Durchschnitte, ferner einzelne ritzenförmige buchtige Lücken wahrnehmen, in welche papillenartige Excrescenzen der Lagermasse hereinragten.

Drei Fälle von Scanzoni sind in der Würzburger Medicinischen Zeitschrift 1865 veröffentlicht in einer

Tabelle über Erkrankung der Ovarien zur Ovariotomiefrage:

2. Fall. Margarethe Warmuth, 60 Jahre alt, hatte ein Cystosarcom des linken Eierstocks.

3. Fall. Anna Herr, 57 Jahre alt, ein colossales Cystosarcom des rechten Eierstocks.

4. Fall. Elise Berthold, 66 Jahre alt. Das linke Ovarium war in ein $1\frac{1}{2}$ Fuss im Durchmesser haltendes Cystosarcom umgewandelt.

5. Fall. Spencer Wells exstirpirte ein grosses Cystosarcom des rechten Ovariums bei einer 32 Jahr alten verheiratheten Dame, die drei Kinder gehabt, am 31. Januar 1862 durch Ovariotomie. Sie wurde vorher einmal durch Punction erleichtert, und es flossen 18 Pints dunkle muköse Flüssigkeit ab. Nach nochmaliger Punction wurde die Operation vollzogen. Es war eine grosse Menge Flüssigkeit in dem Cystosarcom, und, nachdem noch eine Cyste während der Operation geplatzt war, wurde letztere dennoch gut beendigt. Die Kranke starb 60 Stunden nach der Operation. Sp. Wells beschreibt den Tumor als eine halbfeste Masse, die 14 Pfund wog, die Flüssigkeit mass 26 Pints, so dass der ganze Tumor $46\frac{1}{2}$ Pfund anzusetzen ist. Das andere Ovarium war gesund.

6. Fall. Ist gleichfalls von Spencer Wells beschrieben, wo am 5. April 1864 ein Cystosarcom bei einer Frau von 25 Jahren exstirpirt wurde. Die Operation hatte einen guten Ausgang. Er sagt darüber: Einige feste

Spencer Wells, Diseases of the ovaries, p. 103 et 233.

und ausgedehnte Adhäsionen wurden mit der Hand von den Bauchdecken getrennt und, da der Tumor nicht zu zapfen war, musste der Einschnitt verlängert werden. Da keine Adhä ionen hinterwärts waren, so liess sich der Tumor leicht heraus bringen und ein schmaler Stiel, 3 — 4 Zoll lang, wurde durch eine schmale Klammer gesichert. Der Tumor wog 59 Pfund, natürlich mit Flüssigkeit. Derselbe befindet sich im Museum der Universität London. Wenn die Cavitäten mit Pferdehaar ausgefüllt sind, so misst er im grössten longitudinalen Durchmesser 26 Zoll, im transversalen 33 Zoll und wiegt 13 Pfund. Die Structur des noch nicht geleerten Theiles war sehr complicirt, die Cysten von jeder Grösse und in der grössten Confusion geordnet. Die Flüssigkeiten besassen eine sehr verschiedene Dichtigkeit, manche Cysten enthielten eine klare, andere eine sehr undurchsichtige, Erbsensuppe ähnliche Flüssigkeit. Sie waren verschiedentlich mit geschichtetem Epithel und Fasern ausgekleidet, und viele von beinahe fester Consistenz stellten eine dichte Masse von Drüsen und Fibrillen dar. Die äussere Oberfläche dieser Masse war verhältnissmässig eben und wenig, die innere Membran der meisten secundären Cysten jedoch waren stark injicirt.

7. Fall. Leopold erwähnte unter dem Verzeichniss seiner festen Tumoren ein Cystosarcom (Lymphangioma Kystomatosum), welches bei einem achtjährigen Kinde linkerseits vorkam. Die Patientin starb an Marasmus.

8. Fall. Die Behandlung eines linksseitigen Cystosarcoms wird von Stiegele in dem Württemberger Correspondenzblatt 1872 beschrieben, welches er dadurch zur Heilung brachte, dass er Jodnatronwasser von Krankenheil curmässig gebrauchen liess. Es wurden durch

den Genuss dieses Wassers zuvörderst die gefährlichen
Brechanfälle beseitigt, dann die Geschwulst, welche
innerhalb eines Jahres bis über den Nabel emporge-
stiegen war, zum Stillstand gebracht, und schliesslich,
nachdem Erweichung eingetreten, endstand ein Durchbruch in den Mastdarm, und wurde auf diesem Wege
in Verlauf eines Jahres das zu Detritus verwandelte
Sarcom nach und nach eliminirt. Nun trat vollständige
Heilung ein unter Zurücklassung einer verhärteten Narbe
des Rectums.

Diese vorstehenden 8 Fälle von Cystosarkom, welche
die medicinische Literatur darbot, sind alle einseitig.
Es ist kein doppelseitiges Cystosarkom beschrieben,
nur von Sarcomen ist erwähnt, dass sie meist doppelseitig auftreten. Der Fall von Rokitansky interes-
sirt wegen seiner eigenartigen Entwicklung, eine Gleich-
artigkeit der Bildung mit Uterussarkomen zeigend.

Von 99 Fällen von Eierstockserkrankung, welche
Scanzoni in einer Tabelle aufführt, zeigt er, dass 51
Mal beide Ovarien erkrankt, während 48 Mal einseitige
Erkrankungen vorgekommen waren. Die unter ihnen
befindlichen drei Fälle von Cystosarcom sind einseitig,
und zwar kommen zwei linker- und eins rechterseits vor.

Die zwei von Spencer Wells beschriebenen Fälle
finden sich unter seinen 114 ersten Ovariotomien aufgeführt. Beide zeichnen sich durch ihre colossale Grösse
aus. Wenn man bedenkt, dass festere Tumoren wie
Cystocarcinom und Cystosarcom gewöhnlich nicht mit
der Rapidität wachsen, wie es Kystome zu thun pfle-
gen, ferner, dass die Indication zur Ovariotomie erst
bei bedeutender Grösse der Tumoren gegeben ist, so

findet man es natürlich, dass Spencer Wells unter seinen Fällen nur zwei und zwar grosse Cystosarcome aufzuführen hatte. Wollte man einen Procentsatz der Cystosarcome berechnen, so würden die 99 Fälle von Scanzoni
dazu die passendsten sein, und man würde also $3^0/_0$ aus
dieser allerdings kleinen Zahl erhalten. Nach Spencer
Wells ist das Resultat nur $1^1/_2{}^0/_0$, was offenbar einem
Fehler zuzuschreiben ist.

Die·Freundlichkeit meines hochverehrten Lehrers
Herrn Geh. Hofraths Prof. Dr. Hasse gestattet mir, einen Fall von doppelseitigem Cystosarcoma des Ovariums
zur Mittheilung zu bringen, der im Göttinger Ernst-
August-Hospital zur Section kam:

Dorothea Fesing, 61 Jahre alt, Arbeiterin aus
Adelebsen, erschien am 24. Juni in der medicinischen
Klinik des Ernst-August-Hospitals in Göttingen.

Bis vor wenigen Jahren hatte sie sich stets einer
guten Gesunheit zu erfreuen gehabt, war an leichte
Hausarbeit gewöhnt gewesen, lebte in dürftigen Ver-
hältnissen zuletzt im Armenhause der Gemeinde und
war bei schlechter Ernährung ihrer Angabe nach abgemagert und heruntergekommen. Sie ist nicht ver-
heirathet gewesen, hat nie geboren und will stets regelmässig menstruirt gewesen sein bis zum 48. Jahre,
wo die Regel cessirte.

Vor zwei Jahren will sie dann einen Typhus
durchgemacht haben, von dem sie sich nur langsam
erholte. Seit November vorigen Jahres bemerkte sie
in der rechten Inguinalgegend eine allmälig an Grösse
zunehmende schmerzhafte Geschwulst, die sie zwang,
einige Tage zu Bett zu liegen. Blutentziehung und
der Gebrauch von zertheilenden Salben brachten ihr

keine Linderung. Kurz nachher stellte sich auch in der linken Inguinalgegend unter ähnlicher Anschwellung und Schmerzhaftigkeit eine Geschwulst ein, die ihr Leiden so vermehrte, dass sie gezwungen war, beinahe ein Vierteljahr das Bett zu hüten, worauf sie, nachdem die Schmerzen und Beschwerden etwas abgenommen hatten, Ostern wieder einige Zeit lang ihre Arbeit thun konnte. Ob sie in der Zeit gefiebert hat, weiss sie nicht genau anzugeben. Während der ganzen letzten Zeit nun und bis zu ihrer Vorstellung hatte ihre Constitution durch die zunehmende Schwellung und beständig gesteigerte Abmagerung und Schwäche so gelitten, dass sie auch den wenigen Ansprüchen, die an sie gestellt wurden, nicht mehr zu genügen im Stande war. Sie kam nun Hülfe suchend und bat um Aufnahme ins Hospital. Sie klagte über Magenschmerzen, hatte abwechselnd guten und schlechten Appetit gehabt, was schon seit Weihnachten so gewesen sein soll. Erbrechen hat sie nie gehabt und der Stuhlgang ist ziemlich regelmässig gewesen.

Status praesens.

Das Gesicht der Kranken ist stark abgemagert, die Backenknochen stehen vor, die Augen tiefliegend, und macht der physische und psychische Zustand einen Eindruck von Stumpfheit und Apathie. Dabei ist sie im Besitz aller ihrer Sinne, die Haut ist trocken und welk von schmutzig gelber Färbung, und die Sclera ist gelb tingirt, das Auge matt und gläsern. Bei starker Abmagerung des Thorax findet sich derselbe fast normal gebauet. Die Rippen, das Sternum und die Knochenkanten sind deutlich erkennbar. Die Athembewegungen sind gleichmässig beschleunigt, ohne besonders beschwerlich zu sein, etwa 24 — 30 Respirationen. Die Percussion ergiebt ein hochstehendes Zwerchfell und desgleichen Leber. Die Herztöne sind rein und schwach etwa 120 sonst normal. Es ist etwas Lungenemphysem vorhanden, und hat die Kranke wenig Husten mit geringem schleimigen Auswurf.

Die Unterbauchgegend zeigt eine ziemlich starke kugliche Auftreibung, die sich palpatorisch durch eine Einfurchung in der Medianlinie auszeichnet und aus zwei Massen zu bestehen scheint. Dieselben sind knollig, an einigen Stellen namentlich linkerseits mehr fluctuirend oder auch hart und mehr oder weniger elastisch sich anfühlend. Bei der Percussion hört man den Darmton zu beiden Seiten des Nabels bis tief hinab zur Wirbelsäule. Medianwärts geht er etwas tiefer als neben der Linea alba, wo beiderseits die Tumoren wieder hervorgewölbt sind.

Die Diagnose ist, da ja so mancherlei verschiedene Tumoren existiren, die vom Uterus wie von den Ovarien ausgehen können, recht schwer zu stellen, die Art des Tumors zu bestimmen beinahe unmöglich, da auch die Kranke für eine Rectaluntersuchung zu schwach und empfindlich ist. Handelte es sich um eine vom Uterus ausgehende Geschwulst, so konnte man an ein Myom oder an eine fibroide oder auch carcinomatöse Neubildung denken. Dienten die Ovarien der Neubildung als Boden, so konnte man auf ein Kystom, Fibrom, Carcinom oder Cystosarcom schliessen.

Die Prognose gestaltete sich daher sehr schlecht, und konnte es nur Aufgabe der Therapie sein, die Beschwerden symptomatisch zu behandeln, so wie der Kranken gute, nahrhafte Kost zu reichen. Man suchte ihre gastrischen Beschwerden mit geringen Dosen von extractum belladonnae zu heben und sie mit leicht ver-

daulichen Sachen, Liebigsbouillon, Milch, Eiern u. s. w.
bei Kräften zu erhalten. Trotz dieser Massregeln ging
die Kranke unaufhaltsam ihrem Untergange entgegen.
Bei stetig zunehmender-Abmagerung stellte sich dann
häufiger Drang zum Uriniren ein. Die Kranke will alle
Viertelstunde das Bedürfniss gehabt haben, den Urin zu
entleeren. Zugleich aber gesellte sich eine leichte Ascites
diesen Beschwerden hinzu, die ziemlich rasch immer mehr
zunahm, so dass der Darmton nur noch in geringer Aus-
dehnung in der Mitte des Bauches heraus zu percutiren
war. Die Kranke bekam häufig asthmatische Beschwerden,
der Puls wurde schwächer und schwächer und so starb
sie dann im höchsten Grade marastisch am 30. Juli 1876.

Sectionsbericht.

Die Leiche ist von mittler Grösse und äusserst
abgemagert. Sie zeigt eine von der Symphysis bis
über den Nabel hervortretende colossale Erhebung, die
palpatorisch aus zwei ziemlich gleichen Hälften zu bestehen scheint, sich elastisch anfühlt und namentlich
nach links etwas fluctuirt. Die Haut ist blass und zeigt
keine Hypostase. Panniculus adiposus ist fast ge-
schwunden, und die Muskulatur ist schwach und blass.
Die Rippenknorpel sind etwas hart, jedoch nicht ganz
verknöchert. In das Bindegewebe des Mediastinum
anticum hat ein seröser Erguss stattgefunden, und sind
auf der Pleura einige ecchymotische Flecke wahrzu-
nehmen. Die Pleurablätter sind ziemlich fest mit einander verwachsen, und zwar rechts mehr als links.
Die äussere Platte des freiliegenden Pericardiums ist ver-
dickt und stellenweise mit dem visceralen Theile verklebt.
Das Zwerchfell steht hoch und ist mit der Basis der
Lungen verwachsen. Aorta und Oesophagus zeigen keine

Abnormitäten. Es finden sich ältere zahlreiche Drüsen im Mediastinum posticum, die durch Pigment stark infiltrirt und zum Theil entartet sind. Die Schleimhaut der Trachea ist leicht geröthet. Der linke untere Lungenlappen ist gegen die Spitze hin etwas verdichtet und derbe, so dass einige ausgeschnittene Stückchen im Wasser untergehen. Die Bronchien sind mit einer schleimigen gallig gefärbten Flüssigkeit gefüllt, die beim Durchschneiden hervorquillt. Im oberen Lappen findet sich neben Oedem etwas Emphysem, In den Bronchien der durchweg ödematösen rechten Lunge findet sich gleichfalls dunkel gefärbter, zäher Schleim. Die an den Theilungsstellen der Bronchialäste befindlichen Lymphdrüsen sind hart und mit reichlichem Pigment infiltrirt. Das Herz ist klein, die Muskulatur blass und schwach. Das rechte Atrium enthält wenig lockeres Gerinnsel und communicirt mit dem linken Vorhof in der Fossa ovalis. Das Ostium venosum ist von normaler Weite. Der rechte Ventrikel und die Arteria pulmonalis zeigen keine Abnormitäten. Das linke Atrium ist etwas nach unten und hinten erweitert und wie die Ventrikel mit wenig Gerinnsel gefüllt. Es sind die Papillarmuskeln sehr zart, und desgleichen zeigen die Trabekeln eine auffallende Schlaffheit und Zartheit. Der Bulbus aortae ist bedeutend erweitert, und steht auch die ganze Aorta in keinem richtigen Grösseverhältniss zu dem der allgemeinen Atrophie anheim gefallenen Herzen.

Beim Öffnen der Bauchhöhle quellen drei bis vier Liter eines gelbgrünlichen Serums hervor, in welchem Fibringerinnsel vertheilt sind. In der Bauchhöhle selbst haben zahlreiche peritonitische Veränderungen statt gefunden, die durch ein unregelmässiges Netzwerk von Fibrinfasern zwischen Netz und Peritonäum, Milz und Darm, documentirt sind. Zwei unregelmässig geformte

Tumoren, die mit dem Omentum verwachsen sind, steigen aus dem kleinen Becken herauf und füllen das grosse Becken vollständig, die Bauchhöhle etwa bis zur Nabelgegend aus. — Die Milz ist mit dem Zwerchfell zum Theil verwachsen, zum Theil verklebt, äusserst weich, von normaler Grösse und blutarm. Die Leber ist klein und schlaff, zeigt ecchymotische Blutaustritte an der Oberfläche, hat eine runzliche Kapsel und ist von graugrünlicher Farbe. — Die Gallenblase, deren Ausgang normal, ist mässig mit Galle gefüllt. Der Pankreas ist dünn und glatt. Die Nieren haben etwas schwer abziehbare Kapseln, sind bedeutend geschrumpft und schlaff. Die Ureteren sind dilatirt durch das beständige Gewicht der Tumoren, das Nierenbecken wie die Kelche erweitert und die Corticalsubstanz bedeutend geschrumpft, wie es bei mechanischen Behinderungen der harnleitenden Wege häufig gefunden wird. Der Darmkanal bietet nicht viel Abnormes. Am meisten haben das Caecum mit Processus vermiformis und die Flexura sigmoidea durch die continuirliche mechanische Reizung von Seiten der Tumoren gelitten, und ist Ersteres durch zahlreiche ecchymotische Herde dunkel gefärbt, letztere beinahe ganz verstrichen. Die Mesenterialdrüsen sind zum grossen Theil functionsfähig, es giebt jedoch einige, welche vollständig käsig verödet und andere, die gerade in einer Degeneration begriffen sind. Die Blase hat eine Dehnung in die Breite erfahren, so dass sie den Tumoren, die in der Linia alba etwa zusammenstossen, wie eine Platte aufliegt und etwa noch fingerbreit über der Symphyse angeheftet ist. Die Scheide ist auffallend in die Länge gezogen und gegen die Portio vaginalis hin trichterförmig verengt. Der Uterus, in dessen Höhle man schwer mit der Scheere eindringt, ist mehr in die Länge gezerrt, dagegen von den Seiten her bedeutend comprimirt, so dass die Höhle ihre flächenartige Ausbreitung vollständig verloren hat. Die Tumoren haben sich zwischen den Platten des breiten Mutterbandes beiderseits ausgebreitet und scheinen nach allen Seiten gleichstark ausgedehnt, sie lassen sich von der Vagina aus abfülilen und sind nicht gegen den Uterus verschiebbar. Die Tuben liegen beiderseits den Tumoren an und sind auffallend in die Länge gezogen und platt gedrückt, namentlich die linke Tube ist durch eine dunkel violette Färbung ausgezeichnet, die sich bis gegen die Fimbrien hin erstreckt und einer Hyperämie letzten Datums angehören muss. Die rechte Tuba hat ihre normale Lage vor dem Ovarium aufgegeben und ist vom Tumor vollständig nach unten verschoben. Beide sind per vaginam zu erreichen. Von den Eierstöcken ist nichts zu sehen, und finden sich nun anstatt dieser Organe diese mächtigen Tumoren, die gegen einander verschiebbar von bindegewebiger Hülle umschlossen, prall anzufühlen sind. Beim Durchschneiden quillt links eine mehr seröse, rechts dagegen mehr eine colloide Flüssigkeit, die etwas dunkel tingirt ist, aus. Einige der Cystenräume sind mit papillenartigen Erhabenheiten ausgekleidet, die aus Gewebs- und Epithelwucherungen entstanden sind, andere erscheinen glatt. Die stark gewucherte Sarcommasse der Tumoren ist roth, gelblich und grau. Das Rothe entspricht frischen Processen, das Gelbe und Graue ist schon wieder eine weitere Veränderung des Spindelgewebes, indem es fettig degenerirt wurde. Es gehören diese Tumoren zu den Cystosarcomen und sind entweder primär durch krankhafte Veränderung der Graafschen Follikel oder doch aus Vorstufen derselben entstanden, die dann durch Hyperplasie, sowohl der Wandungen als auch des Inhaltes der Räume eine ungleichmässige nicht mehr normale Form der Ovarien bedingten. Das Gewicht der

Tumoren mit Uterus, nachdem der Cysteninhalt entfernt — 1850 Gramm.

Längs-Durchmesser
    des rechten Cystosarcoms 17 ctm.
    „   linken   „   16 ctm.
Quer-Durchmesser
    des rechten   „   13 ctm.
    „   linken   „   12 ctm.

Circum-ferenz 57 ctm.

Mikroskopische Untersuchung.

Die Wandungen der Cysten sind wesentlich aus straffen Bindegewebsbündeln geflochten, während stellenweise jüngeres Bindegewebe auftritt. Letzteres zeigt parallel geordnetes Spindelzellen und mit Rundzellen durchsetzte Parthieen, ob diese Rundzellen als Wanderzellen aufzufassen sind, ist zweifelhaft. Alle diese Gewebe zeigen sich mit zahlreichen Fett- und Eiweisskörnchen infiltrirt, was wohl auf eine mangelhafte Ernährung der Geschwulst hinweist. Auch wird eine ungleichmässige Ernährung durch verschiedene Druckverhältnisse im Bereich des Tumors die Veranlassung sein können. Ausserdem sieht man eine ausserordentlich grosse Menge von Cholestearinkrystallen, welche besonders an die Innenfläche der Wände gelagert sind. Die die Cysten ausfüllende Colloidflüssigkeit zeigt unter dem Mikroskop in hyaliner Grundsubstanz spindelförmige, runde und mit massenhaften Fetttröpfchen infiltrirte Körnchenzellen, indem auch hier das Cholestearin eine bedeutende Rolle spielt.